AF368550

COUDRIN– l'enfant noir

Le code de la propriété intellectuelle n'autorisant aux termes des paragraphes 2 et 3 de l'article L.122-5, d'une part, que les copies ou reproductions strictement réservées à l'usage privé du copiste et non destinées à une utilisation collective et, d'autre part, sous réserve du nom de l'auteur et de la source, que les analyses et les courtes citations justifiées par le caractère critique, polémique, pédagogique, scientifique ou d'information, toute représentation ou reproduction intégrale ou partielle, faite sans le consentement de l'auteur ou de ses ayants droit ou ayants cause, est illicite (article L.122-4). Cette représentation ou reproduction, par quelque procédé que ce soit, constituerait donc une contrefaçon sanctionnée par les articles L.335-2 et suivants du Code de la propriété intellectuelle.

vacance de paque

CHAPITRE 1 NUIT COMPLIQUE

MAMAN MAMAN HEIN

J'ai mal au ventre.ALLÉE sur mes genoux hum tu et gonfle

allez rendors toi je suis sur que tes 2 frères vont

armoires les mêmes symptômes dans pas longtemps

9 minutes plus tard

IL fait chaux a d'accord ils sont brûlant tans pis MUDOUME et

SÉBASTIEN LE RET font étre de mauvaise humeur

CLIC Voilà les balise sont

GHROUM

EN tous cas ils sont rapide j'espère qu'ils vont trouver le
problème.

CHAPITRE 2 arrivé dès 9 p'tit diables

 BONJOUR Marlène pas ils sont

GHROUM

OK on se retrouve

aver 9 p'tit diables.OUI les 3 de cette

nuits sont malade ne me

dit pas ce qu'ils ont je ne sais

pas du tout ils sont été téléporté

a 4h15 ce martin leurs parents

sont éfficace et rapide par

contre les p'tit cons ils ce

sont vidés dans le lits avant de partir j'ai

envoyés les photos a LK elle ma

précisé qu'ils viennent de rentrée

dans la période ou ils transpire

 énormément et ou ils sont très souvent des

infection brefs on ne va pas

les revoir de sitôt GABRIELLA

Les 9 p'tit diables ici pressent on

finir leurs période de transpiration

et cette après-midi je les en ménez a la plage.BONNE

idée et d'ailleurs ils repartent la semaine prochaine dans
l'équipe de SAMOURAÏS.

CHAPITRE 3 CRISSE COLÉRIQUE

NON MAMAN NON

Allée dans nos bras

les 3 p'tit diables voila

calme vous et oui aujourd'hui

vous resté avec l'équipe

 ENCRENOIR MOI et MUDOUME

on va s'occuper de la clinique et

de l'usine et vous restez ici avec toutes l'équipe ENCRENOIR

y compris certe nuit on n'a vaux résultat d'analyse

et vous avez 1 infection banale dont vous resté

avec l'équipe ENCRENOIR Rassurez-vous ils ont pas
l'autorisation de vous coller contre les murs   ou de vous

mettre des féssée déculottés pas   contres les rapport
séxuélles reste eux autorisé ils Il ne faut pas en abuser.ALLEE

a tous ta l'heure pas de violente fessée.

GHROUM

ALLEE les 3 p'tit diables debout aujourd'hui vous ne restez pas
au lit toutes la journée on vous prévient hier vous d'être resté

au lit jusqu' à 14 heures aujourd'hui direction la plage allée on
va pas contre pas de chocolat chaud et steak frites ni compté

pas.LES jumeaux ENCRE NOIRS ils n'ont plus besoin de
couches A oui c'est vrais mais ils sont besoin de boué et de

rechange.AVANT maillot de plage et ont iva.ATTENTION les 3
p'tit diables tu numéro 1 au 3 malliot de plage ou 2 suppositoire

pour adultes et ce soir après être rentrée de la plage vous
passée tous les 3 a la vidanges.GRAND FRÈRE OUI p'tit

jumeaux 2.COmment fait tu pour les gérer ils d'écoute sans de contrôler et en plus ils reste fixe avez vous 2 c'est beaucoup

plus compliqué on a même tu mal a les gérer.BONNE question en tous cas en ce moment ils sont facile mais ils ya des période

beaucoup plus difficile A vous voila prés pour la plage allon ci

en tous cas c'est bizarre je suis sur que ce soir ils font nous faires 1 ou 3 mauvais coup ont les connais pas coeurs

CHAPITRE 4 MAUVAIS COUP

MAMAN MAMAN

MAMAN MAMAN

Allée ça aurait été trop beaux 1 journée avec notre équipe sans comédi hein façon à chaque fois c'est au moment où nous

sommes en pleines milieux de la vidange.ouf vous avez
      pris la responsabilité de les vidanger temps mieux

honnêtement   mettre les mains dans l'encre noire après 1 journée de taf non mercie et en plus vous s'étire sur la fin

MAMAN MAMAN MAMAN

Alor les comédien toujour a faires la comédie en pleins milieux de la vidanges et en plus vous s'étre allée a la plage vaux maillot de plage sont humide et vous faites la

comédie pour rien on va vous laisser tous le mois en compagnie de l'équipe ENCRE NOIRS   et d'ailleurs l'équipe ENCRE NOIRS   Vous aussie on dois s'occuper de vos vidanges rassurez vous   les p'tit diables font avoir mal au fion on vous laisse les finir.

CHAPITRE 5 EQUIPE ENCRENOIR et EQUIPE ANGE NOIR

GHROUM

Mércie équipe ANGE NOIR allés ci merté vous a 4 pattres on s'occuppe de vous.LES   p'tit diables vous aussie a 4 pattes.MAMAN NON vous avait été vidangé ils ya 3 jours dont ce soir vous passée aussie a la vidange incist que l'équipe

ENCRENOIR et l'équipe

ANGE NOIR.

AY AY AY YYYYYYYYYY

HYYYYYYYY HYYYYYYYY

HOOOOOOO HOOOOOO

HOOOO

15 minutes plus tard

ALLEE debout les ENCRE NOIRS et les ANGE NOIRS LES jumeaux   ANGE NOIRS et les jumeaux ENCRE NOIRE a la dourches et au lits vous dormé dans le lit double place 1 et les 2 grand ENCRENOIR et ANGE NOIR vous resté avec nous on va vous apprendre a gérés les 3 p'tit diables quand ils sont en état de crise colérique avancé

MAMAN MAMAN

Mais ils sont ATTRAPPE LES ont vous montre comment faires
et en plus ils sont pas vidanger entièrement

GHROUM

GHROUM

mais ou sont t'ils passée LES p'tit cons

GHROUM

TE tien je tien l'autre PARFAIT Merci MUDOUME mais tu
pourrais leurs montré aussie ta méthode A A A STOP n'essaye
pas de me mordre. MAINTENANT vous leurs écarté les cuisse
et vous ouvrés leurs 4ème anus comme des porte-armoires
vous écartez les 2 parois du 4 ème ANUS

PLUFFFFFF PLUFFFFF

et la vous mérité 1 glacières pile ou sa tombe et si ça coince
mérés ci les mains mais attention ça arrive régulièrement qu'ils
vormise leurs   repas ou leurs goûtés. LA sa commence a

ralentir et quand ça devient rouge ils faut refermer le 4ème
anus refermer les 2 parois et voilà vous savez maintenant
	les vidéos de A a z ILS risque de tombé de sommeils dont
la piscine pour les lavés en toutes sécurité et le   meilleurs
moyen voilà pourquoi il ya 1 piscine dans la cuisine.ALLES les
p'tit diables numéro 1 et 3 p'tit diable   numéro 2 suppositoire
ou piscine et oui tu passes aussi à la dourche.

CHAPITRE 6 BURN-OUT

GHROUM

NON les 3 p'tit diables vous reste dans les bulles et oui vous
s'étre en isolation durant 2 semaines pour p'tit diables numéro
1 et 3 p'tit diable numéro 2 tu reste 2 mois en isolation
MUDOUME LE RET et SÉBASTIEN LE RET sont dans le
coma et seront sortis du coma dans 3 mois vous serez placé
dans l'équipe FUSION SAMOURAÏS et l'équipe PALAUD. NON
L'équipe FORMULE 1 et à la réunion dont 1 possible de
	les reconctatés en tous cas heureussemment que l'équipe
ANGEVIN et les 6 DIABLOTTIN on remarqué que MUDOUME
LE RET et SÉBASTIEN LE RET on commencé à changé de
comportement et sont devenu trés agréssifs et en plus ils sont
commencé des travaux de rénovation je pense qu'ils sont en
BURNA-OUT.EN tous cas les équipe ENCRE NOIRS et ANGE
NOIR vous avez le choix de rester avec eux pendant les 3 mois
et oui.

CHAPITRE 7 SIESTE ET DOURCHE

ALLES l'équipe ANGE NOIR et équipe ENCRENOIRS
	vous allée à la dourches avec les p'tit diables OK LK ont
faites quoi avec les p'tit diables certes après -midi HORMIE p'tit

diables numéro 2 lui c'est la sieste après la dourche il dort
jusqu' à 17h je vous laisse jouer avec les p'tit diables numéro 1
et 3 pas de rapport séxuélles ils sont en état de choc sévère je
peu vous les laissez jusqu'à 13h30 après vous pouvez allée
travaillé à l'auberge des jumeaux bosseux l'équipe les 4
JUMEAUX MALÉFIQUE vient vous relevé à 14 h

2 heures plus tard

MÈRE que vous STOP bon je vous prévient d'avance que
MUDOUME LE RET et SÉBASTIEN LE RET
sont mie dans le coma artificielles je vous laisse vous occuppés
des 3 p'tit diables eux sont seulemment épuissé évicté tous
rapport séxuélles avec eux et je vous prévien je m'atien
MUDOUME LE RET et SÉBASTIEN LE RET dans le coma
pour l'instant je ne trouve pas de solution pour les faire revenir
temps qu'ils soient a ce niveaux de dépression pas moyen de
les réveillés.

CHAPITRE 8 ENFIN SORTIE

BONJOUR les 3 p'tit diables bonne nouvelles vous sortez
dans moin de 3 semaines vaux résultat sanguins et urinaires
sont correcte continué les boullion et les soupes pas contre
vous resté encore dans les bulles et oui vous y prenez goût
allée a tous ta l'heures   .

3 HEURES PLUS TARD

Allor mère NON ils sont bien descendu mais ils sont encore tro
de pression les tranquillisant ne font pas d'effet et oui sur les
adultes   les résultats sont plus long et prend énormément de
temps et de patience mais ça va dès qu'ils seront près à sortir

du coma l'équipe de GRAND NUMÉRO 4 prend la relèves.BIEN MÛRE mais et vous ne partez pas en vacance alor a la fin du mois CI je vais tenter de les réveiller la semaine prochaine mais pas sur que ça fonctionne de ce côté là en tous.

CHAPITRE 9 sortie du coma

WOUAH WOUAH LA vache.HUM je te confirme MUDOUME ont a tu être droguée on est attaché. PARFAIT votre tension et votre pression artérielles et redescendu à 1 niveaux stable cependant vu la violence que vous avez utilisé sur les 3 p'tit diables je vous ai retiré la gardes de tous vaux p'tit diables y compris des 9 p'tit diables ils sont chez GABRIELLA et MARLÈNE et pour votre gouverne vous être confirmé tous les 2 durant 2 semaines supplémentaires et vous avez été mie dans le coma artificielle pendant 5 mois le temps que votre tension et pression artérielle redescend.VOILÀ des préservatif O ALLON ci

CHAPITRE 10 PLAGE DU fOZO

GHROUM bon les

p'tit diables les 12

l'équipe les 6 DIABLOTIN
 l'équipe ANGEVIN

l'équipe ANGE NOIR

l'équipe BEAU-GOSSES

ont vous laisse au millieux de la plage nous allon vert le fond ont a téléporté tous les autres équipes sur l'autres conté dont en bas c'est l'équipe

ENCRE NOIRS

LES 4 JUMEAUX MALLÉFISK

et l'équipe JUMEAUX BOSSEUX.

ET Les 2 dérniéres equipes sont entre toutes les équipes et oui méme l'équipe FLEURS et l'équipe FURET et la dont la maman et la tante des 12 p'tit diables allée on vous laisse vous repaussé

CHAPITRE 11 RÉVISION

AYYYY AYYYYYYY RESPIRE

p'tit diable numéro 2 franchement tu a oublié que si tu ne respire pas tu a beaucoup plus mal lors des rapport séxuélles non protégé et oui tu repasse au contrôle technique et ne vient pas me raconter que tu en a reçu surffissamment de rapport séxuélles vu tes résulta   scolaires et puis aujourd'hui on et que tous les 2 donc non tu ira a la plage cette après-midi et oui tu pourra aller dormir à l'auberge PALAUD
après la plage mains en attendant HUM HUM AY tu reste en révision   et avant d'aller à l'auberge PALAUD je de vidangerais a afin que tu ne te venge pas a l'auberge les draps coûte cher a changé OUI MAMAN

CHAPITRE 12 DODO SUR LA PLAGE DE SAINT-PIERRE-QUIBERON 56510

ALLEE les 9 p'tit diables direction la plage de port d'orange je vous prévien ils ya que vous 9 les p'tit diables du numéro 1 a 3 sont aver MUDOUME LE RET et SÉBASTIEN LE RET dont ils ne font pas faires de comédie dont aucune chance que vous soyez yé punir pour quelle que soit le motif.ALLÉ allon ci

       avant que le vent ne se lève et nous contraire de rentrée et de faires des séances d'entrainnemment musculaires et les grand travaux de rénovation intérieur Gabriella.JE pense qu'ils sont compris PAS ils sont ou.Loin devant en tous cas ils sont pressée de profiter de la plage ça fait super plaisirs en tous cas de les voir courire.BON on iva

CHAPITRE 13 RETOUR DANS LE FINISTÈRE

GHROUM

MAMAN Pas alor que fais tu là hein allés dans mes bras mais ou té tu téléporte JE SAIS PAS MAMAN

GHROUM

Voila on et ou la Bonne question SÉBASTIEN LE RET en tous cas il c'est téléporté au moment ou je les pris dans les bras heureusement qu'on leurs a installé des balises pour mieux les traiter. Mais je connais certe QUI ÊTES VOUS BOUGE PAS vous s'écarte dans 1 maison infecté pas la MÉRULE SUIVE nous on vous emmène au sac de compression afin de vous désinfecter intégralement. MERDE Attendé ce manoir n'appartiendrais pas a la FAMILLE FOUS.TOUS disparu sans laissé de trace en 2011 on a accusée à l'époque il les connaissait tous en tous cas lui il court toujour enfin il était de toutes façon surendettés a 1 époque certains 1 famille de riches on n'a jamais retrouvé les corps 1 mystère total aujourd'hui.

STOP dit-nous avez vous entendu de l'équipe LE RET la célèbre famille LE RET.OUI pour quelle motif parlé vous NOM DE DIEUX ÉQUIPE LE RET mais que faites vous dans cette zone contaminée par la mérule. ON recherchés la zone d'où est partie la mérule ont pensé que les corps se trouvent encore dans la maison ou du moins les cendres.

CHAPITRE 14 DÉSINFECTION

PLIFFFF PLIFFFF Voici vaux nouvelles tenues pas contre L'ÉQUIPE LE RET comment êtes vous rentré. Chercher pas de 12 h a 14h je souhaite savoir depuis quand cette demeure est dans cet état de délabrement. ELLE va être détruit dans 3 mois SAUF si 1 entrepreneur reprend cette baraque et la restaure HUM HUM c'est très risqué pensez vous qu'ils y a des cadavres ou des objets illégal a l'intérieur de cette barrague.SUREMENT je l'ai toujour connu ça va être bizarre de voire qu'elle va être démolie pour mettre 1 entrepôt A à la place

CHAPITRE 15   TRAVAUX DANS LA MÉRULE

ALLES les gars toutes les procédure sont faite dont vous pouvé tous cassée y compris au 4 et 5 étage pas contre tous ceux

qui peu étre sauvé va dans la citérne jaune et verte la noir c'est
tous ceux qui va a l'incinération ont vous demandera de ne pas
entrer pas l'intérieur mais pas l'extérieur

8 HEURE PLUS TARD

les 3 P'TIT DIABLES A TABLE
pas oui ils et déjà 23h30 pas
contre vous allez faires 1 tours
dans la piscine avant d'aller au lit
MUDOUME et partie travailler
à la clinique ils se tapent
toutes les consultations pas
contre demain soir c'est
 l'équipe ENCRENOIR qui
vont dormir avec vous et oui
je suis de nuit toute la semaine
qui arrive le mois prochain également.

   CHAPITRE 16 restauration des étage 4 et 5

OUF les 2 etage 4 et 5 sont enfin terminé.ALLÉE les 12 p'tit
diables à la piscine pas contre elle et situé derrière la maison et
oui on refaire les charpent et les mur entre   les pièces et
aussie le donjon et oui on va enfin
pouvoir avoir 1 donjon et 1 cave.

GHROUM

 LES voilà partie enfin je viens d'aider SEB

GHROUM

GHROUM

OUFF MERCIE SEB bon les p'tit diables sont dans la piscine les 2 DIALECTE et les 4 numéro 9 allée les rejoindre pas contre vous ne descendez pas au donjon on doit continuer à l'aménage et oui on doit mettre les costume de poulet en place ALLEE ÉQUIPE PALAUD SÉBASTIEN OUI BASTIEN

Composition de couverture COUDRIN

DÉPÔT LÉGAL: 1 DECEMBRE 2022

9 782494 451582